KB266951

너를 알기엔
여름이 짧다

사임당 시인선 29

너를 알기엔 여름이 짧다

© 2025 정은하

초판인쇄 | 2025년 7월 15일
초판발행 | 2025년 7월 18일

지 은 이 | 정은하
펴 낸 이 | 배재경
펴 낸 곳 | 도서출판 작가마을
등   록 | 제 2002-000012호
주   소 | 부산시 중구 대청로 141번길 3, 501호(다온빌딩)
          T. 051)248-4145, 2598   F. 051)248-0723   E. seepoet@hanmail.net

ISBN 979-11-5606-286-8 03810   정가 11,000원

※ 이 책의 무단전재 및 복제행위는 저작권법에 의거, 처벌의 대상이 됩니다.

※ 본 도서는 2025년 부산광역시, 부산문화재단 '부산문화예술지원사업'으로 지원을 받았습니다.

사임당 시인선 ❷⑨

너를 알기엔 여름이 짧다

정은하 시집

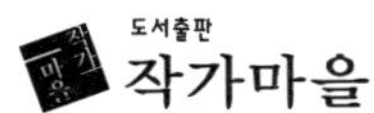

도서출판
작가마을

시인의 말

아침 햇살 같은

저녁 노을빛 같은 문장을

온몸으로 모시고 싶었다.

그러나 그 길은 아직 멀다.

익지 않은 풋감을 짓이겨

감물을 들이거나

장아찌를 담거나

식초를 담거나

울켜서 드시는 것은

독자의 몫으로 남겨두고 싶다

2025년 여름

정 은 하

정은하 시집　　너를 알기엔 여름이 짧다

차례

시인의 말　　　　　　　　　　　• 005

1부
/
시간의 옆모습

보리처럼 살아내기　　　　　　　• 013
아무도 기다리지 않는 기다림　　• 014
뒤엉킨 마음　　　　　　　　　　• 016
혹독한 여름　　　　　　　　　　• 017
국보급인데 아무도 몰라요　　　　• 018
비멍　　　　　　　　　　　　　• 019
기억은 달린다　　　　　　　　　• 020
올랑가 모르것다　　　　　　　　• 022
웃음이 눈처럼 내려오면　　　　　• 024
사랑은 아랫목에 산다　　　　　　• 026
구름 공장　　　　　　　　　　　• 028
감꽃 진다고 슬퍼할까　　　　　　• 030
시간 속으로　　　　　　　　　　• 032

2부

/

사람은 사람 안에 머문다

은행나무 씨의 편지 · 035
너란 꽃 · 036
당신도 바람이 되어 · 037
단디로 무장한 오늘 · 038
봄의 음표 · 039
당신이라는 신기루를 오래 품었다 · 040
뒤늦은 고백 · 041
치통처럼 오래가는 감정 · 042
불편한 하루 정리법 · 043
인연 꽃 · 044
바람이 말을 거는 섬 · 045
빙삭이 웃으멍 옵서게 · 046
잘 도착하셨지요 · 048
수애기 출몰지역 모슬포항 · 050
오월의 향기 – 103호 님에게 · 051
하나 되는 두 사람 · 052
금귤 · 053
기다림의 무게 · 054
그림이 된 풍경 · 055

3부

/

내
가
닿
은
계
절

앉은 불꽃 · 059

나를 향해 놓은 다리 · 060

차꽃 피는 늦가을 · 061

삶이 여물어 가다 · 062

결국 꽃길에서 만난다 · 063

겨울, 허물 벗다 · 064

너를 알기엔 여름이 짧다 · 065

버리고도 남은 마음 · 066

구름고개 · 067

꽃 마중 · 068

검은 줄 민달팽이 · 069

감정의 유통기한 · 070

내게 쓴 편지 · 071

그대 이름 · 072

숨 고르기 · 073

수양버들처럼 · 074

마음에 난 낯선 길 · 075

바다가 내게 · 076

벚꽃 아래서 · 077

4부

/

시
간
의
空
에
서
다

남해 적소에서 • 081

긴 꿈을 깨다 – 노도를 다녀와서 • 082

그 석각엔 아직도 흐른다 • 084

흔들려도 건너는 중입니다 • 085
 – 통도사 극락전에서

죽비 소리 • 086

술대를 잡다 • 088

푸른 목소리 • 089

상림, 기억의 숲 • 090

그날 밤 • 091

함성 사라진 새해 • 092

하늘도 감춘 깊이 • 093

무언의 응답 • 094

불안은 나를 안고 잠든다 • 095

거듭나기 • 096

함벽루, 시가 앉은 곳 • 097

너도 빛나는 별 • 098

마음에 만든 동화의 숲 • 099

노전암 오르는 길 • 100

싱크홀을 품은 일상 • 102

해설 | '단디' 살아가기의 문학적 형상화 • 103
    / 정영자

너를 알기엔 여름이 짧다 • 정은하

1부

시간의 옆모습

보리처럼 살아내기

이 비 그치면
눈바람 견딘 보리밭이
고양이처럼 쭈욱 기지개 켜겠다

추위를 외투처럼 걸치고
한 줄로 늘어서 힘주어 밟으면
단단한 뿌리 내리는 보리싹의
숨가쁜 소리 들린다

밟히면 죽는 줄 알았던
서릿발에 들뜬 보리 뿌리
밟을수록 더 단단해지는
들판의 푸른 꿈

겨울을 견딘 보리싹처럼
오늘을 밟고 내일을 키우는 꿈
그 꿈도 밟을수록 단단해지는
시간의 그림자 위에 돋아난 보리밟기

아무도 기다리지 않는 기다림

감나무 아래
상추의 앞섶을 토닥이는 햇볕
서로 키 재기 하며 나풀나풀
품 넓혀가던 상추밭

밭도 밭 나름
여뀌 풀잎만큼이나
좁고 긴 땅에서 자라던 푸름
그 위로 쉬어가는 바람결

그 바람이 찾아올 때마다
잎 속에 동그마니 내려앉아
작은 종처럼 찰그랑거리던 감꽃

시드럭부드럭 져 가는 자리
벌거숭이 물애기*처럼
까만 배꼽 드러내고 자라던 풋감

한여름

소낙비 한줄기 다녀가면
발그레한 소녀의 부드러운 뺨

가을이면 알록달록한 옷
훌훌 벗어던지고 붉은 등 내달아
그대 밤길 밝히던 오리감

* 젖을 먹는 어린 아기. 제주도 방언

뒤엉킨 마음

한 겹 또 한 겹
먼지처럼 쌓인 생각들
청명한 날에 툭툭 털어보자

뱉지도 삼키지도 못한
입술에 매달린 가시 같은 말들
햇볕에 바싹 말리자

상처 난 흉터가
이리 뒹굴 저리 뒹굴
좁은 가슴을 할퀴고 헤맨다

여기까지
넘어지고 일어서기 몇 번
이제 두 팔로 토닥토닥 껴안아 보자

혹독한 여름

온종일
물동이로 들이붓듯
쏟아지는 빗줄기

뻥 뚫린 길바닥이
꿀꺽 삼켜버린 자동차
너도나도 시달리는 안전 불감증

내 탓
네 탓
우리 모두 탓

국보급인데 아무도 몰라요

세상을 다 살아낸 눈빛
구겨진 앞치마에 배인 국물에
가족의 삶이 얹혀져 있다

면도 없는 사람들
엄마하고 부르면 한결같이
뒤돌아본다는 대한민국 아줌마들

어디서든 무슨 일 생겨도
기린의 목처럼 뽑아 올린 궁금증
내 가족의 일처럼 앞장선다

걱정과 호기심
대한민국 아줌마들의 오지랖
비빔밥에 올려진 고명이다

이름 없는 자리에서
세상을 다독이는 사랑
대한민국 아줌마들

비명

소리에 귀 맡겨보면
소란한 마음 저절로 숙여져
두 손이 모아지는 시간

풀잎에 앉은 비의 눈망울로
수정 염주 만들어
너를 위해 기도하고 싶어

작은 우주 속에 갇혀
쳇바퀴 돌리는 다람쥐처럼
오롯이 네게만 집중하는 시간

너는 말이 없고
나는 말이 많아
서로 외면하던 눈빛

서로의 등에 얹힌 무게로
걸어야 하는 지금
다시 시작하는 그것이 삶이다

기억은 달린다

싸한 아침 공기
새파란 하늘에
온몸으로 펄럭이던 만국기

청군 이겨라 백군 이겨라
목이 쉬도록 질러대던
국민학교 운동회날
응원군은 하늘거리며 핀 코스모스

이날은 외가와 친가
오랜만에 둘러앉은 점심시간
많은 이야기가 오고 간다

운동회의 꽃이라는 계주
온몸에 함성을 받으며 달리는
외사촌의 다리에 수백 개의 눈동자가
별처럼 박히는데

운동회가 끝나면

공책 몇 권 수줍게 내밀던 손
기쁨과 슬픔이 널뛰기를 했다
그녀는 지금 내 곁에 없지만

올랑가 모르것다

오고 가는 인편이나 편지로만
소식 전해 듣던 시절
객지에 나가 살던 자식들
안부도 전해 듣기 힘들었던 그때

이번 명절에는 아아들이 올랑가 모르것네

구들구들해진 가래떡
온 힘을 다해 밤새워 썰어 놓으면
장독대 위 소복한 첫눈 같았다

일 년에 한 번이라도
보름달 같은 밥상에 둘러앉아
떡국 한 그릇 먹고 싶은 부모님 마음

다가오는 대목
오일장으로 향하시던
어깻바람만큼 가벼운
허리춤에 달린 귀주머니

분주해지던 손놀림처럼
혼잣말이 많아지던 어머니
큰 아는 새비젓*을 좋아하고
작은 아는 굴젓을 좋아 하제

쪼그리고 앉은 막내딸은
입안에 넣을 사탕만 기다리며
손가락 굽혀 헤아려 보는 설 대목

* 새우젓의 경상도 사투리

웃음이 눈처럼 내려오면

잠깐 사이
눈을 몰고 온 된바람
몇 년 만에 옷깃 여미는 눈발인가

첫눈이다
환호성을 지르며 다 큰 아이들을
문밖으로 내몰았다

부리나케
머릿속을 휘젓고 지나가는
흑백 사진 한 장이 웃음꽃으로 핀다

꽁꽁 언 무논에
약속한 듯 벌떼같이 모여든 아이들
부딪히고 넘어지며 타던 나무 썰매

미끄러져 엉덩방아 찧어도
귓불이 잘 익은 앵두 같아도
논바닥에 뒹굴던 왁자지껄한 소리

지금은 어디서 기다릴까
등을 힘껏 밀어주던 겨울바람
배고픔도 잊었던 겨울 이야기

사랑은 아랫목에 산다

겨울 들머리 낡은 장판 걷어내고
새 장판 위에 콩기름 결리게*하면
반질반질해지던 장판

바람은 창호지 문을 사정없이 흔들어도
불꽃 없이도 쩔쩔 끓어오르던 아랫목
지아비를 기다리던 따뜻한 사랑

담요 아래
놋그릇에 담긴 사랑 한 그릇
오매불망 주인만을 기다렸다

언 손
쑤욱 이불 속에 넣다가
봉분 같은 밥그릇 툭 무너지면
주르륵 눈물을 쏟았다

말씀 대신 헛기침으로 문 당기시면
아무 일 없다는 듯이 담요 아래서

기다리던 지어미의 정성

구름 공장

장롱 깊숙이 접혀있는 이불 한 채
이불에 피어난 색바랜 꽃무늬
실밥이 기억하는 숨결과 체온
한겨울에 펄럭입니다

정리하지 못한 옛정이
눈 안에 들어와 앉을 때마다
버리지 못한 갈등 사이로
불편한 시간이 흘러갑니다

잠이 무겁게 밴
이불을 흔들어 깨워
뒤돌아보지도 않고
구름 공장으로 달려갑니다

기계속에 들어간 낡은 목화솜
허기를 달래던 꽃봉오리
기억 속에 맴도는 달짝지근한 향기가
뭉게뭉게 떠다닙니다

＞

오래전 혼수 이불에 한 땀씩
내려앉던 마음의 온기
어떤 어려움도 다 덮어주던
솜이불 한 채를 다시 만났습니다

감꽃 진다고 슬퍼할까

바싹 마른 손가락처럼
앙상하던 감나무 가지마다
혀 내미는 연둣빛

햇빛 연거푸 마실수록
보드라운 잎 사이로
수줍게 웃어주던 감꽃

심술궂은 바람이 훅 지나가면
곤두박질한 너를 실에 꿰어
내 목에 걸어주던 친구

고마운 마음도 잊은 채
출출한 뱃속만 채우던 그때
너를 향해 자라던 붉은 마음

그 자리마다 매달린 청보석이
하나둘 홍시로 익어가
내 입속에서 살아난 뼈

놀라워라 그 뼛속에
어머니가 물려준 유일한 유산
은銀 숟가락 하나

시간 속으로

겨울은 아직 군데군데
몸을 말리는 똬리 튼 뱀

속마음 드러내며 반겨주는
몸집 좋은 은행나무 두 그루
부리로만 지었다는 펜트하우스에
천연스럽게 볕 기운 부려놓은 봄

네모난 시간속으로 걸어 들어간 나
찻잔을 감싸는 그녀의 마법같은 향기
하루의 쉼표이자 도시의 피난처
카페 지금. 여기

2부

사람은 사람 안에 머문다

은행나무 씨의 편지

휜칠한 은행나무가
해마다 잊지 않고 보내는 엽서

찬바람에 뒹굴다가
흠뻑 마신 가을비에
샛노랗게 웃고 있다

젖으면 젖을수록
낮아지는 심욕 만큼
선한 열매 익어가는 가을

너란 꽃

삼천 년만에 한번 핀다는
상서로운 꽃, 우담화
만법의 인드라망 속에
겨자씨만 한 사랑으로 내게 온
너

척박한 땅에 핀 메밀꽃처럼
하얗게 흔들릴 때마다
바라보는 내 눈빛만으로도
마음 단단해지는
너

한겨울 비켜 가면
봄꽃으로 환하게 피어날
사랑스러운 딸
너란 꽃

당신도 바람이 되어

제주에는
구멍 숭숭 뚫린 돌담이 산다
그곳에는 쇠뿔도 부러뜨린다는
갯바람이 수월봉*을 넘어와
곳곳마다 기웃거린다

어떤 날은
집 앞 귤 나뭇가지를
사정없이 분질러 놓고
어멍 뼈마디를
들숨 날숨으로 들락거렸다
뼛속까지 파고든 무거운 삶
가시는 길 짐 될까 툭툭 털어내고
지금 하늘 어디쯤 가고 있을까

* 수월봉은 해발 77m 높이의 제주 서부지역 조망봉이다.

단디로 무장한 오늘

집안일 시킬 때마다 어린 내게
어머니가 하신 당부 말씀
단디 해라이
찬바람이 쌩쌩 휘파람 불 때
옷 단디 입어라
등굣길, 등 뒤에서 하시던 말씀

밖을 나갈 때마다
내게 아버지가 하신 말씀
매사에 단디 해라
소문은 발이 없는기다
아직도 내 속에 살아 숨 쉬는
부모님 목소리
단디 해라 단디

봄의 음표

봄비 살그머니 다녀간 뒤
여기저기
저요 저요
목소리 높이는
운애雲靉 속 오동통한 고사리손

꽃샘바람 불어오면
여기서 도레미
저기서 미레도
남해 찬가를 노래하는
고사리 음표들

익어가는 봄빛 속
푸른 바다와 갯바람이 키운
봄의 음표 고사리

당신이라는 신기루를 오래 품었다

맹렬하게 끓어오르다가
여름 한복판에 내리꽂힌 땡볕
모래바람 속을 묵묵히 걷는 낙타처럼
세상 속으로 걸어간다

한 걸음 또 한 걸음
앞만 보고 걸어도
끝이 보이지 않는 사막
고단한 시간만 발자국에 묻힌다

회오리바람이 말을 걸어와도
어느 곳에서 기다리고 있을
눈 부릅뜬 오아시스를 향해
쉬지 않고 걷는다

뒤늦은 고백

시금치도 안 먹는다는 며느리 있다지만
나는 시금치나물을 제일 좋아해
참마음이 아니라고 하겠지

어머니
긴 여행 떠나시는 날
배고프면 어쩌나
목마르면 어쩌나
번개 같은 효도 하느라
마음밭만 풀썩거리던 시간

생을 견뎌온 뒤틀린 손마디가
허공을 짚는 문어의 흡판이었다가
이내 가지런해졌다

한 뼘의 땅에도
가슴 후벼 파듯 자식을 위해 심었던 짝사랑
끝내 한여름에 찍은 마침표

치통처럼 오래가는 감정

이 아프다고
밤잠 설치시던 아버지
이가 왜 아프냐고
덧니처럼 내뱉었던 말

그 나이 되고 보니
치과 갈 일 두렵다
아버지에 대한 말빚
회초리로 다가오는 번호표

혹 꿈속에 오시면
무슨 말로 꼬옥 안아드릴까
스쳐 지나버린 버스처럼
항상 뒤에 오는 후회

불편한 하루 정리법

이래서 안 되고
저래서도 안 된다고
내 틀 속에 사람들을 가둔 적이 있다

보정 속옷을 입고 외출하듯
불편한 하루하루가 거듭되자
생각의 잣대를 내려놓기로 했다

하나씩 내려놓으니
그럴 수도 있지
언제부터인가 내가 가벼워졌다

인연 꽃

지는 꽃을 아쉬워하지 않듯
만나고 헤어지는 일도
시공간에서 일어나는 찰나刹那

끝없는 시간 위에
내 업에 따라
일었다가 스러지는

인연 꽃

바람이 말을 거는 섬

잠시라도 머무르고 싶었던
바람 많은 제주
하얗게 머릿결 휘날리던 오름의 억새

현무암 속에 사는 숨비소리
엉알*을 훌쩍 뛰어넘어온 바람
그 바람이 흔드는 유리창 소리

몸은 방바닥과 하나 되어도
실처럼 엉킨 생각에 잠들지 못한 나를
아는 듯 눈감지 못한 시계추

벌써 아침이다
새들의 날갯짓도 가벼운
한라산의 품에 안긴 섬

* 제주 사투리로 엉은 벼랑 또는 절벽, 알은 아래쪽을 의미함.

빙삭이 웃으멍 옵서게

신혼 때는
명절이나 조상 기일에
시댁인 제주에 갔다

언젠가부터
제사를 모셔오고는
시댁 가는 일이 뜸해졌다

시댁에 가서
지나치며 재빠르게 읽어낸 말들
빙삭이 웃으멍 옵서게(빙긋이 웃으며 오세요)
무싱 거옌 고릅디가(뭐라고 말하셨어요)

밤늦게까지 부엌에서 바스락거리면
아침에 하시는 말씀
간밤에 시끄러워 섭 한점 어울리지 못했져(시끄러워
눈붙이지 못했다)

누가 섭섭한 말이라도 건네면

보말* 빼먹듯이 내 심장을 콕콕 쑤셨져(마음에 상처가
되는 말을 했다)

오람시냐 감시냐(오는 거니 가는 거니)
오랜 헙써(오라고 하세요)
가랜 헙써(가라고 하세요)

아직도 내게 통역이 필요한
제주도의 언어

* 고둥의 제주 방언

잘 도착하셨지요

홀로 처음 나서는 길
두렵고 외로웠지요
따라나서지 못해 죄송해요

먼 길 어떻게 가셨나요
눈에 밟히는 이 있어 자꾸만 뒤돌아보며
무릎걸음으로 가셨지요

다 알아요 어머니
천둥 번개 치고 소낙비 내려도
어쩔 수 없어 앞만 보고 가셨지요

얼마나 좋은 곳이길래
꿈속에 단 한 번도 오시지 않고
전화 한 통 없는가요

아버지가 마중은 나오셨던가요
아니면 솟을대문 앞에서
눈이 아프도록 기다리던가요

〉
짧은 만남 후 긴 헤어짐
시간만 흐르면 日曆처럼
영영 잊힐 줄 알았어요

가끔은 밤낮없이 홀연히 찾아와
눈 속에 무지개 두고 가시는 어머니
잘 도착하셨는지요

수애기 출몰지역 모슬포항

모슬포 해안에서 만난 출몰이라는 팻말
온몸을 웅크리게 하는 불안감
생사를 오가듯 퍼덕이는 짧은 숨

물질하는 해녀를 구했다는 수애기*
낯선 인간을 두려워하지 않아
바다 수영을 즐겼던 아이들

제돌이 춘삼이 삼팔이
물꽃 쓰다듬는 햇살과 암초
이곳이 수애기들의 낙원

* 남방큰돌고래의 제주어

오월의 향기
– 103호 님에게

현관 앞에 놓인 장미꽃 열두 송이
익어가는 시간을 몸으로 보여준
홍옥 일곱 알

누가 두고 갔을까
힘 있는 글씨로 적혀있는 이름 위를
수줍게 흩날리는 사람의 향기

놓인 자리가 환해
잠시 궁금하다가
한참을 바라본 유화 한 점

눈빛으로 말을 건네다
손바닥 인사를 나눈
자유로운 영혼의 청년

내 손안에 놓인
첫사랑의 편지처럼
한동안 벌렁이던 심장 소리

하나 되는 두 사람

하루하루 쌓인 기다림
서로를 향한 은은한 눈빛
사랑으로 피어난 두 마음이
부부라는 이름으로 하나가 되었습니다

바람 부는 날엔 바람벽이 되고
비 오는 날은 우산이 되어주는
그러한 바람의 시간이
가장 아름다운 언약이 되었습니다

미래라는 길 위에서
이제 함께 걸어가자고
손가락에 얹힌 반지가
별처럼 빛납니다

서로의 거울이 되는 오늘
서로를 향한 마음이
믿음이 되고 기쁨이 되어
부부라는 이름으로 하나 되는 시간입니다

금귤

겨울 볕 시든 시간
창가에 내려앉은 보름달

손 뻗으면 닿을 듯
작은 우주 속에 담긴 향기

광활한 어둠 속에서도
자신만의 궤도를 그리는 비밀

달빛 속삭이는 창가에
흩뿌려놓은 작은 행성들

기다림의 무게

기다리는 시간
책을 읽거나 손전화기로
달래는 무료함

마음에 따라 천천히 또는 빠르게
숨 쉬는 것조차 힘든 순간
스스로 추슬러야 하는 무거움

소식은
풀리지 않은 숙제처럼
내 안에 남아있는 단단한 매듭

절절한 마음이
산산 조각나는
그 마음의 무게

그림이 된 풍경

사람이
풍경으로 피어날 때가 있다*
풍경이 되고 싶어
병원 로비 커피점에서 차를 주문했다

진료를 기다리다
잡풀처럼 돋아나는 어지러운 생각
뿌리째 흔들어 뽑았다

패인 그곳에 주르륵
세상에 단 한 장밖에 없는 그림
따뜻한 커피가 그려냈다

* 정현종 시인의 시집 「나는 별 아저씨」 중에서

너를 알기엔 여름이 짧다 • 정은하

3부

내가 닿은 계절

앉은 불꽃

머리털 하얗다고
허리 굽었다고
수군거리지 마소

붉은 속마음 들킬까 봐
옴짝달싹 못하고
앉은 백두옹이오

나를 향해 놓인 다리

푸른 바다 위
네게서 내게로
금 하나 그어놓은 수평선

비 오는 날에도
언제나 그 자리에 서서
나를 바라보고 있는 광안대교

차꽃 피는 늦가을

마음 앞세워
차꽃 향기 넘실거리는
원각사로 가자

군부대 앞 초소에
또 하나의 나를 맡겨 두고
산의 품속으로 날아드는 산새들 따라
생의 오르막을 오르듯 걸어보자

앞서가던 하얀 나비
차꽃 위에 입술 묻고
얼굴에 번진 환한 웃음도 따 오자

노을이 먼저 와 손 내밀고
차밭을 감싼 장산에 안겨
볼을 스치는 솔바람도 껴안아 보자

삶이 여물어가다

어제도 내일도 아닌
오늘 하루와 오롯이 부딪치며 산다

거슬러 오르기보다
크고 작은 바윗돌을 돌아 흐른다

서두르지 않고 흘러도
종착역은 넓은 바다

머무르지 않는 구름처럼
바람처럼 살아갈 일

결국 꽃길에서 만난다

언제 어느 곳에서
어떤 일이 어떻게 일어날지 모르는
안개 같은 날들

그 안개 걷히면
살얼음을 밟던 마음 위에
햇살 한 줌으로 찾아올 염원

그 햇살이 어둠을 깨우면
그 속으로 걸어 들어가
꽃밭을 만들고 우리 나비가 되자

겨울, 허물 벗다

때아닌 눈 소식이 전국에 잦다
봄비 같은 이슬비가
온종일 가둔 몸과 마음

놀이터에 모인 아이들
봄비 보내고 해님을 불러와
몸짓 빠르게 오르내리는 놀이 기구

그네에 실린 아이들 웃음은 허공을 날고
비눗방울에 피어나는 동그란 무지개 꿈
놀이터는 왁자지껄한 작은 왕국

동심의 평화로운 섬 놀이터
봄은 활짝 피었는데
우리의 봄은 주춤거리며 오고있다

너를 알기엔 여름이 짧다

앞뜰 흙덩이가 소란스럽다
침묵의 한겨울을 참았던 봄
한 줌 햇살이 등을 두드리자
힘껏 기지개를 켠다

빛과 어둠 사이를
배밀이 하던 흥겨운 봄빛
어느새 나무의 우듬지까지 올라와
한 뼘씩 연둣빛 자리를 넓혀간다

그 빛에 빼앗긴 하루가
슬몃슬몃 고개 들며 가지 끝마다
울음보 하나씩 매달아 두었을 때
그 울음은 처음이고 마지막이었다

땅속 오랜 기다림에서
이 숲 저 숲 옮겨 다니며
여름을 뜨겁게 노래하다
수의 한 벌 남기고 간 너

버리고도 남은 마음

젊음을 떠나보낸 뒤
단 한 벌의 옷도 걸치지 않고
굳건한 마음으로 다짐하는 나목

그 아래로 사계절 건너며
몸에 익은 이야기를
가지런히 벗어놓은 옷가지들

비 온 뒤
가로등에 드러난 나무의 실핏줄
무수한 빛을 달고 강강술래

서로의 손을 잡고
마음이 하나 될 때
둥글어지는 모서리

중심을 두고
보이지 않는 힘들이 빙글빙글
세상살이처럼 그려지는 동그라미

구름고개[*]

　건반을 두드리듯 자동차 보닛 위를 경쾌하게 굴러가는 싸락눈 차가운 숨결을 일순 쏟아붓고 아무 일 없었다는 듯 다시 정적 잃어버린 청춘을 데리고 봄을 찾아나선 카페 구름고개, 낯선 이들의 이야기가 채워지는 공간 세상은 바쁘게 움직여도 유유한 시간이 걸어 다니는 이곳 다시 창문을 두들기다 떠나는 빗줄기 한차례 커피콩 갈리는 아우성 끝에 천천히 떠도는 산안개 같은 커피향기에 나는 풍경을 마셨다

[*] 황령산 정수리에 있는 까페

꽃 마중

어느 곳으로 봄맞이 가 볼까

통도사 자장매 산청 남명매
순천 선암매 아니 아니야
광양 매화마을로 가자

구르기 잘하는 판다처럼
생각만 굴리다가
깊은 잠에 빠졌다

소원을 풀 듯 도착한 매화마을
찬바람 속 건너오는 희미한 향기
그 향기를 찾아 산비탈을 오른다

아직 벙글지 못한 봄의 입술에
작은 날갯짓으로 구애하는 일벌
꽃의 말을 듣고 있었다

검은 줄 민달팽이

며칠째 심통 난 하늘
접기도 펴기도 어려운
힘에 부치는 우산

출입구 비밀번호를 누르다
새 보금자리를 향해 떠나는
민달팽이 가족

옷도 거추장스러운지
맨몸으로 배밀이 하는 모습
단단한 시간을 밀어내는 침묵의 용기

너를 보며 배우는 세상 견디는 일

감정의 유통기한

마트에서 파는 물건
이마 또는 엉덩이에 찍힌 도장

확인하지 않고 사 온 욕심
혀 껄껄 차며 다시 달려가는 마음

얼굴 붉힐 일 없다
물 흐르듯 변하는 순간들

새날이 오듯
매일 다시 쓰는 감정의 유통기한

내게 쓴 편지

살바람 스쳐 지나가면
얼굴 붉힌 홍매화가
봄 편지를 씁니다

휘리릭 날아가는 동박새
노랗게 웃는 생강나무
화촉 밝힌 목련에도
안부를 묻습니다

덩달아 손 편지를 씁니다
봄날처럼 다정하게
샐비아의 뜨거움같이
가을의 서늘한 언어로
겨울의 나를 써 내려갑니다

그대 이름

바람결 따라
번져가는 흙 내음이
설렘으로 걸어오는 싱싱한 아침

밤새 살며시 다녀간 이름
기다리던 그대가 다녀간다고
우편함에 접어두고 간 소식

마음속 겨울이 떠나면
말랑해진 마음밭 일궈
심어볼 작은 씨앗 하나

볕살이 부를 때까지
숨죽여 기다려보는
씨앗 속에 잠든 숲

숨 고르기

바람을 읽으며
하루를 펴고 접는 새의 날개

숲속 나무들도
짐 내려놓고 숨 고르는 가을

세상은 소란스러워도
새봄을 준비하는 겨울

네 안에 작은 온기로
데워보는 차가운 가슴

수양버들처럼

강가에 발을 딛고 서서
물결처럼 흐르는 실버들
춤추는 가지마다 흥으로 돋는 새순

흔들려도 꺾이지 않고
겉보다 속이 단단한 사람 인냥
휘어져도 부러지지 않는 모습

상처 난 자리에
날마다 견디는 속살의 그림
둥글게 그려지는 나이테

여린 몸짓도
참고 견디면 무늬가 된다는 것
너에게서 배우는 중이다

마음에 난 낯선 길

불룩대는 삶의 배낭을 비우려고
몇 권의 책과 설렘을 구겨 넣고
낯선 길 위에 굳건하게 세운 발걸음

먹물 같은 이른 새벽
생소한 사람들과 동승한 목포행 완행열차
온전히 나를 찾아가는 시간

혼자 나서는 두려움이
차창 밖 풍경이 조금씩 가까워지자
정겨워진 얼굴과 말투

거리를 유지하며 걷는 소리
앞선 이가 발걸음 옮길 때마다
내 안에 흔들리는 나침반

나를 되돌아보는 시간
혼자라는 생각이 용기로 다가와
내딛는 걸음마다 징검다리

바다가 내게

깊은 잠을 털어내는 새벽 바다
수평선 아래서 건져 올린 말간 해

파도는 해종일 온몸으로 울어도
넓은 마음으로 토닥여 주는 바다

한낮 햇살에 기대어
윤슬이 떠다니는 바다

바람의 손이 다가와
하루의 굽은 등을 토닥이는 노을

세상의 언어가 멎은 바닷가
홀로 듣는 밤바다 이야기

벚꽃 아래서

꽃바람 스쳐 간 자리
돋아나는 수줍음
하얗게 터지는 봄 봄

살며시 벙그는 꽃잎 꽃잎 꽃
내 기억을 흔드는 너
어느새 나비로 날리는 꽃잎

너도나도
잠시 머물다 가는 것을
배우는 자연의 시간

너를 알기엔 여름이 짧다 • 정은하

4부

시간의 공에 서다

남해 적소에서

이른 아침
까치의 안부도 듣는 둥 마는 둥
한자리에 머물지 못하는 설움을
거친 파도에 부려놓는다

벼슬은 이미 조각났어도
버릴 수 없는 효심
눈물에 찍어 밤새도록
뜨거운 마음을 써 내려간다

산천은 나를 품었으나 유배된 몸
바람으로 찾아가
옷자락 닿아 마주 봄에도
뉘시오
묻지도 않고 지나가실
어머니

앉으나 서나 가시를 밟고
바닷속으로 뛰어드는 하루를
손가락으로 헤아리는 서포 김만중

긴 꿈을 깨다
 − 노도를 다녀와서

병자년
가랑잎 같은 배 한 척에
만삭의 몸을 실은 윤 씨 부인

허공을 할퀴는 세찬 바람
안갯속으로 흐르는 배 안
유복자로 태어난 이름 船生

한 손에 간난艱難
한 손에 회초리
필사본으로 아들 키운 어머니

압송된 남해, 한양 천 리
난세에 태어나고 살아도
가슴에 품고 살던 지극한 효성

하늘 바다 산만 보이는 위리안치 속
모정을 향한 속앓이를
실타래로 풀어낸 구운몽

〉

누렸던 부귀영화
그 잠에서 깨어나니
모든 것이 봄 꿈

그 석각엔 아직도 흐른다

꿈과 두려움 안고

당나라로 유학 간 어린 나이에

빈공과에 장원급제한 문장

깃발처럼 휘날려

황소*의 간담을 서늘하게 해도

님을 알아보지 못한 나라

높은 벼슬 오른 그곳

혼란스러운 국운에 이끌려

벼슬도 버리고 귀국해 올린 시무 10조

꿈꾸었던 세상은

구름처럼 뿌리내리지 못하고

홀연히 떠났다는 한문학의 비조

고운 최치원

해운대라는 석각 위에

문장은 동백꽃으로 피었다

* 황소의 난(黃巢之亂)은 중국 당나라 말기인 875년부터 884년까지 발생한
  대규모 반란

흔들려도 건너는 중입니다
- 통도사 극락전에서

비바람에 씻겨도
햇살 품은 벽화 한 장
끊어질 듯 다시 이어진 길처럼
군데군데 정지된 하얀 숨결

어둠 깊은 생사의 바다
끝없는 번뇌의 물결 위에
흔들리고 흔들리며 건너는
배 한 척

생멸이 하나이듯
모였다 흩어지는 구름같이
시간 위에 눕는 어제와 오늘
수없이 겹쳐진 삶의 흔적

순간순간이 오늘을 빚듯
닿는 곳마다 기다리는 삶의 물음
그 물음 속으로 걸었던 생의 종착역
해답을 싣고 떠나는 반야용선般若龍船

죽비 소리

내게서 비켜서는 시간
부처님 가부좌 아래
꾹꾹 눌러 온 심화를 부려놓은
용두산 정수사

하안거 해제일
108부처 호명하며 법신 진언,
능엄주 일독 소란한 나를 잠재운다

옴 아비라 훔 캄 스바하*
옴 아비라 훔 캄 스바하
옴 아비라 훔 캄 스바하
옴 아비라 훔 캄 스바하

입안에서만 왔다 갔다 하는 법신진언
이리저리 몸 비틀다가 놓치는 진언
두 무릎으로 버티는 장궤합장
아 멀어져 가는 업장 소멸

처음 만나는 능엄주 기도
입술을 깨물며 버티는 시간
비 오듯 쏟아지는 땀 속으로
반가운 죽비소리 들린다

잠시 숨틀을 비우는 사이
불룩했던 욕심 비워내자
가벼워진 몸이 지혜의 다리를 건넌다

* 이 우주 삼라만상 모든 소원하는 일이 뜻대로 이루어지게 하소서.

술대를 잡다

비슬산 너른 품에 정좌한 유가사
극락교 느긋하게 건너서 엎드린 곳
청아한 풍경소리가 하늘에 흩날린다

바람결이 분주한 마음으로
소나무 가지마다 햇빛을 얹었다가
사부대중의 안가태평安家太平 빌었다

술대를 잡고서 극락이 어디인가
탐진치貪嗔癡 버리면 여기가 극락인데
가파른 길 오르며 깨닫는다

푸른 목소리

천 년 숲길에
바람이 햇살을 잣다가
푸르름을 물들이는 한낮

키 큰 졸참나무 개서어나무 위에
재잘거리는 새들의 수다가
귀를 간지럽힌다

꽃피고 지고
비 오고 눈보라 쳐도
서로 부대끼며 살아가는 상림숲

백성을 껴안은 거룩한 마음
사계절 푸르른 상록수 같아
아직도 그 마음 사람들을 부른다

상림, 기억 숲

어디 가시나
귀먹은 척 듣지 않는 사람들
무너지고 있는 나라가 위태롭다

눈부신 문장은 간 곳 없고
봇짐에 묻은 세속의 먼지마저 벗어놓고
바람과 손잡고 떠났다는 가야산

발길 머무는 어느 곳이든
너울 밀려오는데
길고 긴 유랑의 길 떠나셨나

그 기상 간데없고
고행하던 구도자처럼
그곳에서 생의 마침표 찍었을까

그날 밤

늦게 배달된 속보
꼬리에 꼬리를 무는 온갖 의구심
콩을 볶듯 불안한 마음

돌개바람 같은 혼란의 매듭 달
눈을 뗄 수 없는 손전화기
끝이 보이지 않는 긴 터널 같은 밤

가난을 벗어나려다
빛고을에서 총알받이 된 친구
머루알 같은 그의 눈동자

꽃으로 피기도 전에
불꽃처럼 사라진 그 얼굴
내 말뚝잠 속으로 찾아온 너

망각과 기억의 틈바구니
발자국에 묻어난 두려움은 사라지고
꽃을 피울 시간이 오고 있는 지금

함성 사라진 새해

지난 한 한 해
힘주어 마침표를 찍는다

을사년의 설렘이
두려움으로 안기는 새해 아침

겨울옷이 무거울 정도로
스치는 바람결은 봄이다

바다가 훤히 내려다보이는 정자亭子
수많은 사람들이 한곳을 바라본다

수평선에 걸린 붉은 해
바다를 메우던 환호성이 사라졌다

누군가 묵직한 소리로 외친다
복 많이 받으세요오

메아리 없는
을사년의 우울한 아침

하늘도 감춘 깊이

세종대왕자 태실胎室이 있는
성주군 월향면 인촌리 산8번지
길지로 점지된 명산

바람도 허리 굽혀 지나가는
핏줄보다 질긴 뿌리
세종대왕손의 胎가 모셔진 곳

시원의 땅
무병장수와 복을 기원하며 모신
19기의 태실

깊이를 알 수 없는 地深
하늘만 알았다는
세종대왕손의 피가 숨 쉬는 이곳

무언의 응답

사랑보다 더 위험한 층암절벽
소원 하나는 꼭 들어준다는 보리암
해수관음보살상 앞에 꿇은 무릎

무엇을 빌어야 하나
아시지요 아시잖아요
입에서만 맴돌았던 속말

들으셨는지 못 들으셨는지
황사에 감긴 바다만 바라보는
지긋한 실눈

침묵으로 끊임없이 한결같이
보이지 않아도 느껴지는
무언의 말씀

불안은 나를 안고 잠든다

조용히 스며든 어둠의 그림자처럼
불안은 늘 내 곁에 눕는다
한밤중이거나 대낮에도
독사같이 고개를 쳐들고
휘젓는 무소불위의 생각들

사람마다 번쩍이는 경계의 눈빛
불안을 안은 채 앞만 보고
걸어갈 뿐, 그 불안 속에서도
반딧불이 같이 켜지는 희망

선한 마음들이 홰를 치는 새벽
잠의 틈새로
어둠을 걷어내며
느리게 오는 한 줄기 빛

거듭나기

다시 밤이 찾아왔어
한참을 더듬거리는 네 손

가장 짙은 어둠은
햇귀 퍼지기 전이라는 것

안개시리가 걷히고
만나는 사람의 얼굴에 활짝 핀 웃음

곧 푸른 잎 돋아나고
가지와 가지 사이 펼쳐질 녹음

함벽루, 시가 앉은 곳

매봉산 기슭
살랑이는 꽃바람이 함벽루에 기대어
다녀간 묵객들을 떠올린다

오래전 이곳을 찾아
詩會를 열었던 여흥은 아직도 남아
누각이 떠들썩하다

번져오는 묵향을 품어
한가롭게 흐르는 황강
그 위에 피어난 물비늘을 바라본다

덩달아 나도
막 피어난 봄을 꺾어
새파란 하늘에 涵碧樓라 쓴다

너도 빛나는 별

밤하늘에 펼쳐진 작은 별만
별인 줄 알았어
누군가 기억날 때 올려다보고는
나지막이 불러본 이름

역사의 흐름 속에도 빛나는
별이 있었어
끝내 가슴 속에 묻어버린 명령어
어깨 위에서 가장 빛나는 별

살아서도 빛나는 별이 될 수 있다는 것
처음 알게 되었어
내가 사는 이곳에
빛나는 작은 별들

마음에 만든 동화의 숲

그는 떠났어도
아이들 마음에 뿌려진
작은 씨앗 울창한 숲이 되었다

책장을 넘길 때마다
아이들 손을 잡고 오솔길을 걷다가
옹달샘에 빠진 해와 달도 건졌다

아침이면 산을 깨우는 은방울꽃
노루가 다니는 길에만 핀다는 노루귀
책 속에 동그마니 앉은 아이들의 친구
향파 이주홍 선생님

노전암爐殿*庵 오르는 길

천 명의 제자를 위해
팔십아 홉 개의 암자를 지었다는 원효
땅바닥을 튕기는 빗방울을 밟으며
오르는 노전암

온몸을 감싸는 푸르름이
시냇물처럼 흐르는 시원한 계곡
빗소리에도 놀라지 않는
천성산에 포옥 안긴 소원돌탑

몇 개의 다리를 건너
일주문 앞에 선 첫 인연
다섯 분의 부처가
머리에 이고 있는 다포식 건물
비에 젖어도 가벼운 부연 끝

경내境內 감로수 한 모금으로
씻어보는 삼업
개에게도 말을 놓지 않았다는 능인 스님

떠난 뒤에도 산객을 맞이하는 공양간에
봄비로 오는 기도

* 향불을 피우는 전각으로 부처님을 모시는 공간이라는 뜻

싱크홀을 품은 일상

하루를 걷는 어느 곳이든
일어서고 있는 공포

빛과 순간을 삼켜버리는 어둠
그 속으로 추락하는 시간

과거와 현재 미래가
한 번에 묻히는 싱크홀

그 무서움도 잠시
잊히고 되풀이되는 일상

그 위를
오늘도 걷고 내일도 걸어야 할 싱크홀

'단디' 살아가기의 문학적 형상화

정 영 재(문학평론가)

'단디' 살아가기의 문학적 형상화

정 영 재(문학평론가)

시대마다 늘 어렵고 불안한 세월이 있었다. 그러한 불안과 절망은 지속적으로 우리들의 삶을 흔들어 왔다. 역사 속에서도 마찬가지였다. 이러한 어려움을 견디기 위하여 조상들은 지혜롭게 대처하였고 우리들에게 쉽고도 간단한 지침어를 내렸다. 경상도 사투리 '단디해라'였다. 조선 500년의 역사를 이어 서울말은 표준어가 되었다. 그러나 천 년 문화의 중심 신라를 생각한다면 천년 역사의 경상도 말이 당대의 표준어였음은 분명할 것이다.

필자는 서울말, 지방 사투리에 대한 이야기를 하기보다 경주 중심의 말은 남해라는 섬을 중심으로 사투리가 외지의 말과 교류하기에는 지형적 한계가 있었으며 그 점은 지역 말을 그래도 잘 지켜 왔다는 사실이다. 그래서 남해를 고향으로 한 정은하 시인의 시어 '단디'는 선조들이 남긴 교훈이면서 이미 시인의 몸으로 체화된 삶의 한 특성이 된 것이다.

정은하 시인은 2001년 《한맥문학》 여름호로 등단하

여 시집 『달보드레하고 칼칼하고 짭짤하고』(2022), 『휴머노이드가 오고 있다』(2023)를 상재하였고, 이번에 세 번째 시집 『너를 알기엔 여름이 짧다』(2025)를 상재한다. 그동안 극심한 지역성의 사투리를 극복하며 부산지방의 시낭송 선두 주자로 본인의 낭송 기법은 물론 시낭송 교육 보급에 힘써 이 방면의 탁월한 지도 능력을 인정받아 왔다. 한국 시낭송상(2008), 영축시낭송대상(2019)을 비롯하여 동백꽃 축제 백일장(2022)에서 대상을 받기도 하였다.

'단디'는 순수한 한국어로, 특히 경상도 지역에서 사용되는 방언이며 '단단히' 또는 '제대로', 혹은 '확실히'라는 의미를 가진다. '내일 추우니까 옷 단단히 입어라'라는 말은 '내일 추우니까 옷 단단하게(따듯하게) 입어라'라는 뜻이며 내일 회장님이 방문하시니까 '단디 해라'라는 말의 경우 '내일 회장님이 방문하시니까 준비 단단히(제대로) 잘하고 있어라'라는 뜻이다. "시험공부 단디 해라."라고 말할 때, 시험 준비를 철저히 하라는 의미로 사용된다.

특히, 일상생활에서 무언가를 확실하게 처리하거나 준비하는 상황에서 자주 사용된다.

현대 한국어에서도 여전히 쓰이고 있는 유용한 표현 중 하나다. 일을 할 때 정성을 다하고 세심하게 처리하라는 의미로 사용되므로, 이 단어를 사용할 때는 해당 작업에 대한 신중함과 주의를 요구하는 상황임을 나타

낸다. 그의 삶은 치열하였다. 선조들의 부지런함과 꾸준함 그리고 매사에 신중하고 철저하게 준비하면서 살다 간 선조들의 지침을 그대로 이어 삶의 방향이 되고 힘이 되고 지혜로 정립되었다.

　정은하 시인의 시를 읽으며 단디 단디 살아온 그의 삶 그 자체가 기도가 되고 시가 되었다는 사실을 알 수 있었다.

1. '단디'의 근육질, 삶과 문학의 근원

집안일 시킬 때마다 어린 내게
어머니가 하신 당부 말씀
단디 해라이
찬바람이 쌩쌩 휘파람 불 때
옷 단디 입어라
등굣길, 등 뒤에서 하시던 말씀

밖을 나갈 때마다
내게 아버지가 하신 말씀
매사에 단디 해라
소문은 발이 없는기다
아직도 내 속에 살아 숨 쉬는
부모님 목소리
단디 해라 단디

ー「단디로 무장한 오늘」 전문

"우물쭈물하다가 내 이럴 줄 알았다"

명언 제조기이자 독설가, 재기발랄한 풍자로 유명한, 노벨문학상을 수상한 영국의 극작가 버나드 쇼의 묘비명이다. 평생 우왕좌왕하다 가는 인생을 후회하며 중심 잡고 살았어야 했다는 아쉬움을 남긴 말이다.

누구나 세상을 마무리하는 단계에 이르지만 지혜로운 사람들은 제대로 자신을 추스르고 단단하게 자신의 일과 성취를 위하여 최선을 다한다. 오래된 기계나 자동차를 점검하는 일, 젊거나 늙거나 건강검진을 통하여 자신의 건강을 체크 하고 이상 유무를 알아 적극적으로 대처하고, 평소의 생각과 습관을 점검한다. 이것이 지금 우리 현실에 대처하는 가장 신속하고 합리적인 대처 방안이다.

유년 시절부터 한창 물오르기 시작하던 청춘에도 "단디 해라"는 부모님이 줄곧 가르쳐 준 안전에 대한 우려, 기후에 따라 두꺼운 옷과 얇은 옷에 대한 염려, 처신 잘못으로 오해를 사게 되는 이웃의 오해와 우려, 안전 관리, 그뿐만이었겠나!

인간관계에 대한 우려, 집안 관리 등 매사에 부모들은 아이들 지키기에 온 정성을 다했고, 그것은 세월이 흐른 뒤에도 가슴속에 뿌리 깊게 박혀있는 세상 살아가는 비법의 전수였다. 시적 자아의 '단디로 무장하는 오늘'는 평생을 안전하게 자녀들을 지키고자 했던 이 땅의 어버이의 당부이며 일상의 교훈이었다. 이러한 일상의 평

범한 당부가 평생 시적 자아는 물론이지만 시인의 좌우명이 되고 삶의 철학이 된 것이다.

　섬진강 시인 김용택은 어머니의 이야기를 받아쓰고, 자연의 소리를 옮겨 적으면 그대로 시가 되었다고 한다. 봄비와 가을바람처럼 살아가는 어머니의 일상을 담아 비로소 시인이 되었다. 등단 30주년을 맞는 김용택 시인이 그간 한 인물에게서 시를 베껴 썼노라 고백했다. 그가 자기 시의 원주인이자 시원으로 꼽은 인물은, 바로 어머니였다

　이정록 시인의 「의자」는 어머니의 말씀을 그대로 인용하여 화자가 그 말씀을 통해 깨달은 바를 독자에게 전달하는 형식으로 구성되어 있다. "어머니의 말씀은 받아 적는 대로 시가 된다'라고 주저 없이 말하는 시인 이정록은 어머니가 겪은 자잘한 삶에서 묻어 나오는 철학과 교훈, 사는 지혜와 우스꽝스러운 말이나 행동 등을 문학적으로 형상화시켜 간결한 서사의 시를 창작하였다.
　이와 같이 정은하 시인의 시에 어머니는 안전을, 아버지는 도덕성을 당부하며 시적 형상화로 교훈적인 내용을 간결한 언어의 절제로 노래하고 있다.

　단디는 단단히의 경상도 사투리로 단디하다, 단디해라이, 단디하고 등 다양하게 사용되며 지금도 '단단히, 제대로, 완벽하게 똑바로'라고 해석되며 간혹 축배와 단

결의 구호로도 사용하고 있는 시어다.

이 비 그치면
눈바람 견딘 보리밭이
고양이처럼 쭈욱 기지개 켜겠다

추위를 외투처럼 걸치고
한 줄로 늘어서 힘주어 밟으면
단단한 뿌리 내리는 보리싹의
숨가쁜 소리 들린다

밟히면 죽는 줄 알았던
서릿발에 들뜬 보리 뿌리
밟을수록 더 단단해지는
들판의 푸른 꿈

겨울을 견딘 보리싹처럼
오늘을 밟고 내일을 키우는 꿈
그 꿈도 밟을수록 단단해지는
시간의 그림자 위에 돋아난 보리밟기

–「보리처럼 살아내기」 전문

왜구들의 노략질이 수백 년으로 내려오면서 고통과 가난을 극복하던 선조들의 정신은 부지런함이었고, 꺾이지 않는 정신 무장의 기질이었다.

겨울에 올라오는 보리싹을 밟아 주던 세상 살기에 부딪히는 강인한 대처 정신을 농사의 현장에서 느낄 수 있는 것이다. 여기에 '고춧가루 서말 먹고 물밑 30리를 간다.'라는 말도 부지런함과 생활력이 강한 남해 사람들이 자주 듣는 말이다. 이처럼 강인한 삶의 철학과 부지런하고 끈기 있는 삶의 태도는 그가 남해섬 특유의 사투리를 정확한 발음으로 낭송 지도교사의 모델이 될 수 있었다.

2. 방언의 표준, 순수함의 또 다른 말

신혼 때는
명절이나 조상 기일에
시댁인 제주에 갔다

언젠가 부터
제사를 모셔오고는
시댁 가는 일이 뜸해졌다

시댁에 가서
지나치며 재빠르게 읽어낸 말들
빙삭이 웃으멍 옵서게(빙긋이 웃으며 오세요)
무싱 거옌 고릅디가(뭐라고 말하셨어요)

밤늦게까지 부엌에서 바스락거리면
아침에 하시는 말씀
간밤에 시끄러워 섭 한점 어울리지 못했져(시끄러워
눈붙이지 못했다)

누가 섭섭한 말이라도 건네면
보말* 빼먹듯이 내 심장을 콕콕 쑤셨져(마음에 상처가
되는 말을 했다)

오람시냐 감시냐(오는 거니 가는 거니)
오랜 협써(오라고 하세요)
가랜 협써(가라고 하세요)

아직도 내게 통역이 필요한
제주도의 언어

* 고둥의 제주 방언

– 「빙삭이 웃으멍 옵서계」 전문

옛날에는 교통수단도 어려웠고 법으로 섬 밖으로 진출할 수 없었던 제도 때문에 제주도는 바다 밖의 대륙과 같은 고립적인 마을이었다. 시인의 시댁이 제주도이기에 남해 출신의 작가는 제주도를 자주 찾았고, 섬이었지만 서로 다른 문화적 충돌 속에서 언어에 대한 다름도 이해할 수 있었다.

남해 다음으로 고향인 제주도에 대한 사랑이 그의 시
에는 가득하다.

3. 남해 그 깊고 푸른 전통 서정시의 향토성

오고 가는 인편이나 편지로만
소식 전해 듣던 시절
객지에 나가 살던 자식들
안부도 전해 듣기 힘들었던 그때

이번 명절에는 아아들이 올랑가 모르것네

구들구들해진 가래떡
온 힘을 다해 번갈아 썰어 놓으면
장독대 위 소복한 첫눈 같았다

일 년에 한 번이라도
보름달 같은 밥상에 둘러앉아
떡국 한 그릇 먹고 싶은 부모님 마음

다가오는 대목
오일장으로 향하시던
어깻바람만큼 가벼운
허리춤에 달린 귀주머니

> 분주해지던 손놀림처럼
> 혼잣말이 많아지던 어머니
> 큰 아는 새비젓*을 좋아하고
> 작은 아는 굴젓을 좋아 하제
>
> 쪼그리고 앉은 막내딸은
> 입안에 넣을 사탕만 기다리며
> 손가락 굽혀 헤아려 보는 설 대목

* 새우젓의 경상도 사투리

－「올랑가 모르것다」 전문

소통의 수단들이 별로 없던 시절, 명절 때마다 기다리던 어머니의 마음을 단 일곱 자로 압축하여 짠한 그리움을 꽃피워 내고 있다. 찐한 사투리 "아아들"(아이들)이 "올랑가 모르겠네"에 스스로를 추스르는 이 땅의 어머니가 있다. 가래떡 쓸어 놓으면 소복하게 쌓인 장독대 눈 같은 풍경 속에 둘레 밥상에 앉아 떡국 한 그릇 먹고 싶은 소박한 가족 사랑, 자식 바라기의 한 장면이 소환되고 있다. 아이들이 좋아하는 것을 알고 명절날이면 하마 올 듯 자식을 기다리는 어머니의 진정한 사랑은 넘치지 않는 절제 가운데 있다. 자녀들의 얼굴을 보고자 하는 작지만 큰 울림을 주는 어머니의 조심스러운 아이들 사랑이다. 향토적이고 모성적인 잔잔한 서정시의 울림이 있다.

–「앉은 불꽃」 전문

4. 짧은 호흡, 긴 울림

머리털 하얗다고
허리 굽었다고
수군거리지 마소

붉은 속마음 들킬까 봐
옴짝달싹 못하고
앉은 백두옹이오

–「앉은 불꽃」 전문

지는 꽃을 아쉬워하지 않듯
만나고 헤어지는 일도
시공간에서 일어나는 찰나刹那

끝없는 시간 위에
내 업에 따라
일었다가 스러지는

인연 꽃

–「인연 꽃」 전문

작금의 한국시가 '요설화, 산문화, 잡문화'의 늪에서 정체를 면치 못한다는 진단에 반어적인 실험으로의 길을 만들고 있는데 오래전 우리의 고대 시가들은 짧았다.

공후인, 구지가, 도솔가 등 고전 시가와 신라 향가와 고려시대의 속요 가시리, 동동 시가들은 짧았다. 4구체 향가인 서동요, 풍요 등도 짧아 고려말이나 조선 초기의 시조는 그 짧은 맥을 그대로 이어 왔다. 최근에 나태주 시인을 비롯하여 많은 시인들의 시에서 짧지만 긴 울림을 전달하는 시인들이 환호받고 있다. 여기에 디카시도 힘을 보태고 있다. 정성수 시인에 의해 30여 년 전부터 보이기 시작하였고 상당 부분 공감의 폭도 넓혔다. 나태주 시인, 허윤정 시인에 의하여 쓰인 짧은 시는 나름대로 평가를 받으며 사랑받고 있다.

정은하 시인도 굳이 시의 장행을 원치 않는 듯 짧은 시 속에 그의 메시지나 이미지는 충분히 살아 있다. 간결하기에 선명함이 돋보이고 그래서 더욱 감동적이다.